三川　博歌集

エントラッセン

東奥日報社

目次

応病与薬……1
万燈……31
ヌミノーゼ……65
背凭れとなる……97
あとがき……126

応病与薬

七十二首

応病与薬

花終へし君子蘭黙す十枚の舌のごとき葉蜜に重ねて

精神科の椅子にをさまる新患は五体投地の思ひにあらん

身は天に繋がるものを曇り日のゆゑの頭痛と病み人は言ふ

怨嗟より悔悟に至る一時間初診はソナタ形式に終ふ

「サケビタイ」「さけんだら」　密室の診察室の引けぬやりとり

復職を十月《とつき》許さぬ医師われを閻魔のごとく思ひてをらん

解けざると老帰りけり散らばれる知能検査具涙に濡らし

吾《あ》をなじるは無辜の病み人さはさはと流るる渓《たに》を想ひつつ堪ふ

病み人の肉《しし》も思惑《しわく》も受け止めし皮ソファー数の皺、疵のこる

あはよくば心もすすげ鬱人《うつびと》にアズレンの青きうがひ薬《やく》出す

机《き》の上に一日《ひとひ》勤めて置く白衣カルテ書く吾《あ》の後《うしろ》姿をとどむ

甲冑は美しくあれわが脱ぎし机上の白衣かたちくたくた

山茱萸

いざ行かん山茱萸の咲く里山へ黄《わう》色《しき》黄《わう》光《かう》わが林住期

いち早く春を伝へて山茱萸は縁取りあはく色あはく咲く

山茱萸の木肌赤らに花咲けど野山の草木いまだに眠る

山茱萸の幹立ちの枝天に伸ぶささやくごとき黄花をつけて

魂の一つのかたち山茱萸の咲き極まりて黄金にひかる

山茱萸のおぼろなる花黄に咲けば旗幟鮮明を恥づる懼るる

静謐の界

真面にあれど目の合ふことのなしいつも遠くを見つむる小芥子

樹皮剥がれ痛々しきがその下に白樺のまたき白現れぬ

道の駅に売らるるあはれ複眼のトウモロコシの生実《なまみ》つやめき

嬉々として我のまぼろし降りゆけりローカル線の菊かをる駅

公論私論油臭となりて四方《よも》に出づ括らるるときの新聞の束

粉砕を免れし珈琲豆ひとつミル壺にけさ仏《ぶつ》のごと立つ

岩牡蠣の殻こじ開けて現るる静謐の界われにもあらん

連翹

春を待つこころはひとつ農の家ならぶ門《かど》みな連翹咲かす

招かれてゐると思はん十まりの連翹の枝《え》に咲き初めのはな

野放図に枝突き上げて連翹のざわめくばかり花咲くときは

不揃ひにおのもおのもに伸ぶる枝連翹ひとむらいつも青春

連翹の繁み黄花の乱反射帰らぬ青春わがさし覗く

弓なりに叢《むら》より出づる連翹の枝は地を擦る吹き来る風に

夜桜

せり出して濠の面へしなだるる桜恋ふらん水底の水

夜の濠に映る桜のセピア色過去立ち帰り消えて　寂光

にぎはひに遠き濠端孤《こ》に還るほめく桜のひと枝も吾《あ》も

桐の花

そこ退けと真横に太き枝を張り桐は築城の主なす森

高処より見くだしざまに咲く桐を見出でてさみし不如帰鳴く

虫寄らず鳥寄らず森を統ぶる桐はなは蜜毛をまとひ気高し

円筒の桐のつぼみの膨らみて蜜あまやかに満たされをらん

貴やかに桐の花咲く木下闇逃れんとしてもがく奴婢われ

桐の花赤なら凌霄花《のうぜん》とも見えて森は累々進化の過程

えごの花

掌《て》を開くいきほひに咲くえごの花ことごとくその芯に紅さし

甘やかに垂れこむる香は満開のえごの花注ぐをみなの千《ち》の眼

枝《え》を埋めて数の花咲くえごの花えだ先越えて行くやも知れず

ぎっしりと枝埋めつくすえごの花譲り合ふごと重ならず咲く

散り敷くも咲き次ぐも白に紅映えてえごの花祭りのごとく賑はし

ハイビスカス

青天にハイビスカスの花開き一夏《げ》の意志をつらぬかんとす

うす衣の縮れを正し花形なすハイビスカスは太き朱の蘂《しべ》

円錐の張りきはまればハイビスカスくぐもる音にホルン響《な》り初む

逆光にハイビスカスのなほ立てり花裏は火焔ゆらめくごとし

ハイビスカス花のフリルの揺曳に蘂の底方《そこひ》へ吸はれかゆかん

医院の夏

唇形《しんけい》の若葉あふれて貝割れのワンパックいつも囁き満たす

あけたての多き医院のドアの辺は鷺草繊き揺れくりかへす

十八年、十万余回打たれけり医院のレジスター役目を終へぬ

水槽に三つ四つ浮かぶ布袋草ふくだむ茎の表をさがす

ちからなく力を込めて握手するステージⅢのがんもつ患者

待合室のポトスあまたが見るからに色衰へず張り衰へず

本体のなき後もなほリモコンに残れり〈冷房〉の液晶表示

化粧濃き人の通れば清浄機恥ぢらふごとく回転を上ぐ

どつと笑ふ　待合室に何あらんドアを隔ててカルテ書くわれ

丸文字に近くなりたるカルテの字強ひず急がず侮らず診る

凌霄花

死にたると思ひゐし凌霄花《のうぜん》三年経てわが背丈越ゆさくらに縋り

二階屋の高さに凌霄花咲きあふれ隣り家の塀幸せ囲ふ

離りたる高処にあればバンダめきアメリカ凌霄花喇叭を鳴らす

落下する勢ひざまに蔓先を反り返らせて凌霄花の咲く

花は宙《そら》に自在に遊ぶ凌霄花の添木に縋り這ひ上がり来て

錆び朱《あけ》のくすみたる色凌霄花は慚愧懺悔に花揺れ止まず

直土《ひたつち》を照らすばかりに垂れ下がりよひ凌霄花の咲き重る花

街灯に凌霄花見ゆる角に来てわれの裡にも朱《あけ》の灯ともる

鬼の館（北上市）

般若らは〈鬼の館〉に逃れゐん瞋恚を燃やす闇失へば

ひと壁に鬼面百面かけられて由縁それぞれ睨める一世

八振りの刀翳して宙返る鬼剣舞《おにけんばい》は八つ裂き遂げん

掛かれるは我やも知れず竹に編む〈鬼ど〉とふ鬼を捉ふる罠に

万燈

八十四首

紫式部

枝先に行くほど小さき実紫小さきがみな色づきてをり

実紫の房垂れ下がるつぶら実はみな花梗へて萼へて結ぶ

放射状に盛り上がりつつ峻嶺の尾根なすむらさきしきぶの繁枝《しじえ》

垂るる枝《え》に房の実凜と掲げゐてむらさきしきぶ雨後生れ変はる

物質は分子にいたる感情はむらさきしきぶの房にととのふ

完成は〈枯れ〉やも知れず実は凝り枝細りたる紫式部

晩秋の渓

道幅を丸太が仕切る木道の行くさき渓《たに》の白波《しらなみ》ひかる

黄葉を終へたる渓に衰へぬ白浪《はくらう》たぎる暮れ押しのけて

フォルテッシシモをうち鳴らすオーケストラ指揮者不在のごとき激浪

足下に渓の白浪しき寄せてみるみる裡を洗ひゆくなる

奔流をがしと受け止め川幅の動くともなし岸は鋼鉄

早波の音遠く聞く川隅はゆるるかに澄むもみぢ葉透《しづ》き

篝火えんぶり

えんぶりは八戸地方に伝わる冬の祭で、馬の頭に似せた烏帽子を被った太夫が豊年祈願の踊りを踊る。

点描に闇うめつくすぼたん雪烏帽子舞ひその星列乱す

烏帽子寄る時にいまぞと願かくる闇を清めて降る雪の中

御幣にも似たる前髪逆立つる烏帽子は災厄追ひ払ふがに

「おう」といふ掛け声のして旋回の果たて烏帽子の立つときぞ　神

田ならしの農具〈杁《えぶり》〉を振り踊る豊年祭はこころも均す

篝火に終の口上言ふ太夫〈人《じん》・馬《ば》・神《しん》〉ひとつ舞ひをさめたり

サボテン園

進化には退化ともなふ幾世へて球状となり肥ゆるサボテン

棘をもつ吾《あ》もその一人球《たま》サボテンうとまれ人《びと》の心にかよふ

チクチクと棘刺すことばさう言へば時々診察受けに来しひと

サボテンは抱きしめること能はねどそつと抱ふることならできる

嘘なしと半生を言へずサボテン園針千本を飲まされて出づ

クレーマー

上枝《ほつえ》まで葛にからまれ撓む木は楓の稚木《わかぎ》もみぢしてをり

十五年事なく過ぎしわが医院予期せぬ陥穽ああクレーマー

「クレーマーと言ふつもりでせう」喉元にことばの刃《やいば》あてがはれをり

ともかくも事をさめんと動転の謝罪文書くそのクレーマーに

〈カルテ開示〉せよとしき言ふクレーマー思ひ余りて電話線抜く

休診にしたき思ひの明日は来ん金種を選ぶ手の捗らず

高丘に夕陽を見んと四駆駆る毬栗あまた踏み潰しつつ

亡者の居場所

ストーブの薪に数多の炎立つ相照らされて相風受けて

きしきしと鳴りしが突と燃え上がり薪を阿修羅の炎がめぐる

罪深き亡者の居場所ストーブの火室《かしつ》さながら焦熱地獄

榾の薪燃ゆる火室に追憶も燃えゐんか数多炎《ひ》の条《すぢ》のぼり

薪燃えて火勢衰ふ火柱は釈迦三尊のごとくにおはす

薪魂《まきだま》といふやもしれぬ火屑飛び火室の闇に燃え崩ゆる薪

待ちをれど薪の芯照り消ゆるなく火室の熾のいつまでも熾

鏡差し出す

精神科診察室の輝けと棚にアマゾンのモルフォ蝶置く

「救はれた」とふ患者にはわが医院山紫水明の地に映りゐん

板前の仕込みのごとし鬱《うつ》おもき予約患者のカルテ読み込む

疎まるる体臭《にほひ》苦しと泣き寄れどじつと聴きつぐほかなしけふも

待つことに心尽くせば少しづつ背光性の患者とて伸ぶ

ある日ふと鏡差し出しゆくりなく病み人は医師の素顔を見しむ

トラウマ

警察に最後を聞けば二週分われの処方をみな飲みてゐし

渡ることも溺るることもできぬ川夜半に来てをみなリストカットす

ロールシャッハ・テストに予後を透かし見る瘰癧やその膨《ふく》れおぞまし

瘡《かさ》はがれ爛れをさらすトラウマに宛てやることばのガーゼ一枚

虻のごとうつたうしく思はれぬかこころ病む者を懼れつつ診る

試験官は患者なりけり今朝の夢ゆめの続きの診療はじむ

石庭の砂ならすごと心しづめ診察室に次を迎ふる

震災超えて

譲り合ひ気づかふ人のこころ見つ信号消えし街の車に

蝋燭をともして開くわが医院粛粛とみな順番を待つ

トラウマの〈おくりびと〉にぞ我ならん黒のベンチを医院に据ゑて

象の屍のごとく漁船の横たはり埠頭は乾くくちびる渇く

壊るるは一灯もなしイカ漁船路に乗り上げ直身《ひたみ》をさらす

船底が切断さるる被災船いのち断つ火のしばらく花火

塗り替へて出漁急ぐイカ漁船アイドリングの埠頭に響く

貞観の民祈りけん恐山平成二十三年文月の民も

仙台の復興を己が指に込めピアニスト「朗朗《ランラン》」弾く『ラ・カンパネラ』

大地震《おおなゐ》後初めて来たる輸送船新車いきいき埠頭を駆くる

魚市場開きたるらしスーパーに刺し身パックのまぶしく並ぶ

津波後の泥に塗るる蕪島に雛を孵して万のゴメ飛ぶ

万燈

ぴかぴかに磨き上げたる流し台〈五時起き〉続け来し母たふる

安らぐはその言葉ぐせ卒寿なる母の破顔は茜のごとし

喜びの母の姿を想ひ出づ医学部合格を伝ふるラジオ

お化けより怖きは人と母教ふひとのこはさを知らざりし幼時《とき》

錦紗地のお手玉巧き母なりきその玉のごと捌かれし子よ

母の意に操られ今日ももの言ひき腹話術師の人形のわれ

還暦のいまふと母の鋭声《とごゑ》して『毛皮のマリー』の男の子にされぬ

吾《あ》を潰すこと庇護ならず幾そ度セキュリティースタンプ押され来し母に

葉の二枚ひと抱へにし縋り付くたかが空蝉ただならぬ覇気

〈だまし舟〉教はりしよりははそはの母に騙され来しが棺の中　二

姥捨ての道を四万キロ過ぎて背に負ふ母の目方なし遂に

吾《あ》を叱る時のけはしき貌のまま極楽船《ごくらくぶね》に揺られてゆきぬ

骨太の母なれど棺の軽きはや死してなほわれ欺かれたり

焼く母の外し忘れし腕時計黒焦げに出づ　叱られをりぬ

母を送る〈般若心経〉誦ずる中吾《あ》のみ聴く『カヴァレリア・ルスチカーナ間奏曲』

母に似ず無愛想にぞ育ちたる母の〈あいそ〉を形見にしたき　三

〈緋縅《ひをどし》の鎧〉はもはや返さんか母が念じて着せくれしもの

母の火の消えたる竈の靜けさにやをら火起こす〈懲りない小人〉

母ゆゑの宿痾に悩み来しものを逝きて寒々裸樹となるわれ

亡き母の獄卒ならば吾《あ》を待たばやすやす地獄へ落ちてか行かん

浄土へと通じてをらん藍ふかきつなぎトンボの輪の中の空

花落ちて三月経ついま万燈《まんどう》をともすや沙羅の一樹《ひとき》はもみぢ

ヌミノーゼ

七十七首

花菖蒲園

藍色に咲き揃ふ花菖蒲園花も吾《あ》も聞くささら川の音《と》

花菖蒲咲き揃ふ端《は》に木立影至ればそこは思惟を深むる

川幅に水車を回すささら川さささらさらさら時間《とき》流れゆく

見のかぎり花の位置そろふ花菖蒲はなたひらぎの青に融けゆく

水漬きつつ花菖蒲咲くひとところ水色のはな水に還らん

孤独を囲ふ

はりはりと青天に開ききる木槿とき止まりたり宙《そら》止まりたり

木槿花《ばな》またく開けば花びらの条《すぢ》の放射よ色ほとばしる

回転を終へしばかりの風車木槿似て同心円の花の斑《ふ》

木槿花を独占しをり花潜《はなむぐり》しんかんと孤独を囲ふはなびら

ヌミノーゼ

治療に苦心した患者の画帖を繙く

寝室に遠鳴る霧笛A患者の画帖の船の浮かぶ彼の海

再入院はたまた離院のA患者追ひつけ見つけろ足おそき鬼

宙《そら》翔るイルカを描くA患者マンダラ、タントラ、エントラッセン

夢うつつ区別なき世のヌミノーゼわれA患者の素敵なフィアンセ

鯛の絵の鱗ぎつしり鯛の形《なり》A患者さぞ息苦しからん

クロワッサンを火炎枠に描《か》くA患者遺しし作に鵺《ぬえ》追ふいまも

地無し尺八

地無し尺八とは、竹の内部の凹凸を滑らかに整えない尺八で、自然で柔らかい音が出る。

ひと息をただ吹き尽くす〈楔吹き〉尺八の音は臓腑《はら》とほりゆく

吹禅の至れるところ奏づるは〈火・水・大気〉地無し尺八

〈一休〉の旅風まかせ風無くば尺八をただ吹きゆくばかり

かの世なら虚無僧にでもなりてゐん吹禅できずほら吹くだけの

藤棚の時間《とき》

藤棚を通り来し雨色づきて房ゆ滴るゆたにたゆたに

風吹けばいくつ零れん歌語あまた納むる藤の花房揺れて

納めたる歌語輝けよ藤棚の天蓋に待つ我に降《ふ》りこよ

藤棚のあひ一尺に空開け短歌《うた》の神様貌のぞかすや

藤棚の枠を逃れて中空へ向かふ一蔓ほしいままなる

藤棚に届かぬままに咲き盛る半垂れ花房酢ゆきふぢいろ

虫世界

球なすは熱殺蜂球ミツバチの団子の中のオオスズメバチ

『変身』の虫かは泡吹虫アワにむさき姿を隠して生くる

熊蜂のバス音《おん》に飛びえごの木の春爛漫の祭りを乱す

稀人に出会ひし幸を想ひみる虫世界にはこのルリボシカミキリ

背に置くは金の童部まりをつき陣笠葉虫に良寛の顕つ

蕊《しべ》に向かふ蟻ゐて沙羅の花の中その清浄《しやうじやう》の小鉢をたどる

ローズガーデン

白薔薇をアーチに咲かすローズ園晴れがましさに照れつつくぐる

悲劇へと薔薇はいざなふ幾重にも畳み込まれし翳の数ゆゑ

紅薔薇の奥処さながら伏魔殿蜜謀あまためぐらされゐん

嵩のある蕾ほころぶ閉ぢられし白きいく重の扉《と》をひらく薔薇

黄色《わうしやく》の薔薇のつぼみは宝珠めきずんずんと肥ゆ花梗撓はせ

薔薇園につぼみ息づく星月夜ひと夜をかけて身繕ひせん

アンコントロール

うつ病に薬効くかは日本は十三年間自死三万人

〈ハッピードラッグ〉と抗うつ薬を呼ばしめて市場制覇を目論みしなり

振顫も口の縺れも止まざるが初診せり十倍の薬に耐へて

鬱《うつ》ゆゑの弱きこころは大量の安定剤を拒めず飲みき

米国の診断基準の〈ＤＳＭ〉製薬資本の関はり言はる

新薬を妙薬となすプロモーション、コントローラーの教授ゐならぶ

うつ病の薬百錠ことはれず手際よきかな新薬説明

薬屋が関はるデータ改竄の報じられしが七十五日

やまとなるやさしき養生法思ふ内観療法、森田療法

冬の東屋

方丈の広さに立てり東屋は冬さへ風の清しきところ

をちこちに枯生残れる雪原《ゆきはら》を従ふるやにおはす東屋

小春日に照る東屋の背は林鳴かぬ小鳥のしまし木伝ふ

東屋は古りたるものを夕日影恥づかしきまで奥処を照らす

朝、昼が過ぎ夜となる東屋はひと日いく年天涯孤独

しぐれ後の濡羽色《ぬればいろ》なる東屋の屋根をいつまで待てど飛ぶなし

東屋の闇夜となれば能舞台おのづからなる錆声を聞く

折々に

十まりが一つに集ひ咲きゐたり黄輪草仲むつまじき花

自らの葉に陰るとき手鞠花顔青ざめて確かに見ゆる

にごり沼《ぬ》に向かひ殿様蛙ゐる蝌蚪なりしころ思ひをるらん

をみなふたり最終便に会話ごと攫はれ行きぬバス停しづか

降雹のごときはやがて押し黙り会議はいつも孤立者つくる

雪を来て車を下ろす陸送車架台を懸くる音あらあらし

采色の味に移りてをるならん秋珊瑚酒《しゅ》のくすみたる色

夏のシャドー

影踏みは楽しきものを影を診る四十年硝子体濁るまで

地獄との縁断ち切れず羽つひに死ぬるまで試用薄羽蜉蝣

ピエロめく司会者けふの立役者魔笛吹き吹き会議を統ぶる

不揃ひに揃へるための隙バサミ落とされし髪さらに艶めく

不協和音かきならし飛ぶ日陰蝶去りて夏野に我の影なし

深夜こっそり

天候を知らず診察始めしが半袖多く夏日なりけり

休日に倦みしか出で来し看護師のいつもより声よし動きよし

待合室のウレタン椅子に窪みあり患者を長く待たせしところ

脱皮せるごとしと心をどらせて来し再来を今日ひとり診つ

投薬が無効どころか害なすと言ひ募る患者やっと去にけり

室温に柱は一日あるものを帰院してそのぬくとさを知る

臨時休診の札を下ぐ見られてはならぬがごとく深夜こっそり

岩沙参

教室に叱られてゐる生徒たち項垂れざまに岩沙参《いわしやじん》咲く

つぼみ垂れそのまま花も垂れて咲く岩沙参碧き直なる色に

釣り鐘の形に五十の岩沙参咲きて音なき鐘鳴らしつぐ

花の条《すぢ》五本いろ濃く釣り鐘の形ととのへ岩沙参咲く

触るるとき花かさかさと音のして岩沙参うすき和紙となりゆく

背凭れとなる

七十一首

恐山

カルデラの器広きよ恐山母の住み処となれば安らぐ

宇曽利湖の水碧ければいつの日も母は体を清めてをらん

脱衣婆《だつえば》は母かもしれず恐山橋のたもとの石像なづる

恐山に母はいませり里に来てときおり我のかたへにも来て

恐山におはせば母は 和魂《にぎみたま》 盆に下り来るときぞ待たるる

生き物の骸《から》なる礫《こいし》恐山踏みゆくにさへこころの痛む

たましひを宿す石積む恐山行き行きて母の礫を探す

石積みの仕置き免れ得し我は賽の河原に鬼追ひ払ふ

沢蓋木

グラデーション見せて陽に照る沢蓋木《さはふたぎ》重きよ瑠璃の珠のごとき実

白秋の『赤い鳥小鳥』にあるはこの実ぞと瑠璃色ひかる沢蓋木見つ

童謡《うた》にある青き実はこの沢蓋木大瑠璃、小瑠璃の啄むならん

心の水音

六角形総二階建ての汝がこころいくつも窓があれど扉《と》のなし

手首自傷の至りはともに耐へゆかん病み人も吾《あ》も息あらく座す

失言に気付けど遅し押し黙る病み人のまへ吾《あ》もおしだまる

その時は今ぞ鼓動の高鳴るやつひに〈気付き〉を汝は得たりけり

初診以後くることのなき幾人か至らぬ医師と思はれてゐん

庇護足りぬゆゑ嗜癖者になりたると嘆かふ親のまたも嘆かふ

疲れ易い、やる気が出ない、眠れない、良くならないと診る度に言ふ

受付に言ひ看護師に言ひわれに言ふ三たび口説けば気の済むならん

急ぎ診る終の数人おろそかに捌かれしこと恨みてくるな

診察を断らざれど膝破《や》れのジーパン穿きて来ることなかれ

折に触れ言はるることよ「いつまでも診続けてほし長生きをして」

癒ゆるもの癒え癒えざるもの癒えず医を尽くすとも尽くさなくとも

角まろくなりたる住所氏名印捺しなづみつつ診断書かく

頭《ず》は空《くう》にあれよ洗濯後の帽子風船ほっかり嵌められて来る

朽木形《くちきがた》に崩えゆく茜雲送る吾《あ》のこだはりもともに送らん

水琴窟の響きに遠く雪の夜の加湿器内を下る水音

わが裡の聴診器もて聞きがたき人の心の水音を聴く

秋たけて

木がくれにうす紫のあけび垂れ森しんかんと秋ふかめゆく

杉林のなかの高処に朴の木はこれ見よがしに朱実《あけ》をつるす

虫食ひの網状の葉はネガ画像見透かされゐん我もめぐりに

赤き舌のごとき実かかげ蝮草はぐれ者ゐて嘘寒き森

トロールの漁網のごとし夏の間に草土手ひとつ葛絡め取る

逆毛立つ髪の形にもみぢして一樹《ひとき》声上ぐ寒林の黙《しま》

橙に彩ふかへで葉ひもすがら人を芯から暖めて暮る

紅葉の木下《こした》に入る千枚のかへで身を超え心《うら》うめつくす

蜜密と繁るかへでは朱を集め結晶体となりて透き行く

もみづるもゆふべ　一樹《ひとき》は影となるむらぎもの心おのれ納めて

黄金色《きんいろ》に落葉松林を照らしつつ夕日連れ来る少年聖歌隊

医院航海

苦楽知る診察室の壁クロス剥がされてをりいま音たてて

十年をひとつ区切りにやまひ診る患者と我の長き航海

アジールも僚船もなき〈医院丸〉北の海峡舵重くゆく

実習時のメス机《き》にをさめ幻のメス捌き来し精神科医は

医師われが癒やさるる患者ときにあり若草色の患者と呼ばん

半ドアのままの車を走らする危ふさにいつも開業医ゐる

運転に肩凝りやすし二十年医院の看板つね背負ひ来て

フィルターの澱酸《す》に溶かす夜をこめて患者の裡の澱も溶かさん

一億の借り入れゆゑの大腸癌今でこそ酒の席に語れる

二十年医院続けて来しものをまだやるのかと言ふ声のする

〈未生怨《みしやうをん》〉に悩む患者を診て来しが六十五歳の我にそがあり

メモリーに脳波データ詰められて心病むものまた拉がるる

菩提寺

風に揺れ花火に爆ぜて迎へ火の炎ひととき此岸に遊ぶ

慈悲相に変はりて見ゆる憤怒相けふ山門の仁王あたらし

わが墓は小高き所いつよりか泥濘《ぬかる》む径にアスファルト敷く

昼は鳥夜は虫の音聞きなづむ先祖代々の墓いくとせも
秋晴れにガマズミまろぶ墓所わが残生をいつくしみつつ

対泉院蓮池

対泉院の蓮池には二千年前の種を発芽させた大賀ハスが咲く

古人《ふるびと》の祈り伝ふる大賀ハス掌《て》の如き葉をあまた掲げて

蓮池は観音像をおはしめて石清水ひき池水とせる

うつむきて蓮《はちす》の花托青く立つよるべなき若き雲水のごと

透《しづ》く茎、水《み》の上の茎、映る茎かかへて池はひと日忙し

本堂に蓮葉みな向く葉脈も巡れ衆生済度の教へ

観音の葉に隠れをり蓮池に見えずともよし裡におはせば

蓮池はゆふべさびしも二つ三つ浮める蓮のつぼみ　灯明

背凭れとなる

〈新患は世界を代表して来《きた》る〉先師の謂に身の引き締まる

悩めるが口開き初む結び目の堅き風呂敷ほどくがごとく

嫁の嘆きふかければ諮り長びきぬ義母に泥棒と幾たび言はれ

子の華燭、孫の誕生、父母の死を来るたびに言ふ聴くは診ること

医師として診察室に今日も聴く病む物語・癒ゆる物語

ムンテラを蔑むわれの若かりき開業二十年それに勤しむ

疵つけず押しつけずだが諦めず昔ながらの問診の技

新患を受くるとき我おのづから肘掛けとなり背凭れとなる

あとがき

第一歌集『白嶺』の後の平成二十年以降の作品を集めて第二歌集とした。思えば今年は、精神科診療所を開院して二十周年の節目にあたる年であり、この記念すべき年に歌集を纏める機会に恵まれたことに感謝している。改めて、本叢書に参加させていただいた東奥日報社に心からの御礼を申し上げる次第である。

一日の大半を診療所の中ですごす私の体験世界は狭いものである。歌の多くは職業詠、植物詠、属目詠などであるが、狭いながらも、少しは深みや味わい所のある歌を作りたいものだと心掛けている。中でも職業詠は自分らしさを出したいと苦心してきた分野であるが、ただこうした職業詠が、文学となり得ているのかの自信は全くなく、読者に委ねるしかないものと思っている。

短歌は自分と向き合うことなしには成り立ち得ない詩型である。作歌とは、決断して自分の心の洞窟の奥深くに入り込んで行く冒険のようなものかも知れない。歌集タイトル『エントラッセン（entlassen)』は独語の動詞で退院、卒業、釈放などの意味だが、禅の放下の意味も込めてつけた。

ここに至るまで懇篤にご指導をいただいた、故田中剛先生（元「潮音」社友)、故森山謙一郎先生（元「潮音」選者)、故佐藤俊雄先生（元弘前潮音会会長)、故山名康郎先生(元「潮音」選者)、工藤邦男先生（現「潮音」選者・弘前潮音会会長)、木村雅子先生（現「潮音」代表）に心からの感謝を申し上げる次第である。

平成二十七年十月

三川　博

著者略歴

三川　博（みかわ　ひろし）

一九四九年青森県八戸市生まれ。弘前大学医学部卒。精神科開業医。一九七一年、「潮音」入社、「弘前潮音会」入会。一九九三年、第一九回青森県短歌賞受賞。一九九九年、日本歌人クラブ会員。二〇〇三年、青森県歌人懇話会常任理事。二〇〇四年、第一九回毛越寺曲水の宴に出演、八戸市文化奨励賞受賞。二〇〇七年、第一歌集『白嶺』上梓、日本歌人クラブ青森県代表幹事。二〇一〇年、「八戸潮音会」結成、会長。二〇一二年、エッセイ集『カルテ余白』上梓。二〇一三年、現代歌人協会会員、青森県歌人懇話会副会長。二〇一四年、青森県歌人功労賞受賞。

住所　〒〇三一―〇〇七一
　　八戸市沼館一丁目六―一八
電話　〇一七八―四四―六七一五

東奥文芸叢書　短歌26

三川　博歌集　エントラッセン

発　行　二〇一六（平成二十八）年二月十日
著　者　三川　博
発行者　塩越隆雄
発行所　株式会社　東奥日報社
〒030-0180　青森市第二問屋町3丁目1番89号
電　話　017-739-1539（出版部）
印刷所　東奥印刷株式会社

ISBN－978－4－88561－225－1　C0092　￥1200E

東奥日報創刊125周年記念企画

東奥文芸叢書　短歌

梅内美華子　福井　緑
工藤　邦男　福士　修二
山下　正義　工藤せい子
平井　軍治　中村　キネ
中村　道郎　佐々木久枝
道合千勢子　兼平　勉
山谷　久子　内野芙美江
斉藤　梢　秋谷まゆみ
大庭れいじ　間山　淑子
菊池みのり　吉田　晶二
寺山　修司　三ツ谷平治
横山　武夫　兼平　一子
中里茉莉子　三川　博
福士　りか　山谷　英雄
松坂かね子　鎌田　純一

（既刊は太字）

東奥文芸叢書刊行にあたって

青森県の短詩型文芸界は寺山修司、増田手古奈、成田千空をはじめ日本文学界をリードする数多くの優れた文人を輩出してきた。その流れを汲んで現代においても俳句の加藤憲曠、短歌の梅内美華子、福井緑、川柳の高田寄生木など全国レベルの作家が活躍し、その後を追うように、新進気鋭の作家が次々と現れている。

1888年（明治21年）に創刊した東奥日報社が125年の歴史の中で醸成してきた文化の土壌は、「サンデー東奥」（1929年刊）、「月刊東奥」（1939年刊）への投稿、寄稿、連載、続いて戦後まもなく開始した短歌・俳句・川柳の大会開催や「東奥歌壇」、「東奥俳壇」、「東奥柳壇」などを通じて、本州最北端という独特の風土を色濃くまとった個性豊かな文化を花開かせてきた。

二十一世紀に入り、社会情勢は大きく変貌した。景気低迷が長期化し、核家族化、高齢化がすすみ、さらには未曾有の災害を体験し、その復興も遅々として進まない状況にある。このように厳しい時代にあってこそ、人々が笑顔と元気を取り戻し、地域が再び蘇るためには「文化」の力が大きく寄与することは間違いない。

東奥日報社は、このたび創刊125周年事業として、青森県短詩型文芸の優れた作品を県内外に紹介し、文化遺産として後世に伝えるために、「東奥文芸叢書（短歌、俳句、川柳各30冊・全90冊）」を刊行することにした。「文化」の力は地域を豊かにし、世界へ通ずる。本県文芸のいっそうの興隆を願ってやまない。

平成二十六年一月

東奥日報社代表取締役社長　塩越　隆雄